L'ANATOMIE
D'VN NEZ
A LA MODE.

Dedié aux bons Beuueurs.

A PARIS,

L'ANATOMIE
D'VN NEZ A LA
MODE.

IE n'oſerois la noble troupe,
Qui habitez deſſus la croupe,
Du haut mont Heliconien,
Parmy les œillets & les roſes,
Qui en tout temps y ſont eſcloſes,
Dans le criſtal Pegaſien.

Ie n'oſerois, dis-ie, à ceſte heure
Cheminer vers voſtre demeure
Pour inuoquer voſtre ſecours :
Et pour gouſter de l'Hipocrene
Le doux nectar qui y amene
Meſmes les Dieux à tous les iours.

Car ie craindrois qu'vne carcace,
Vne charongne, vne creuace,
Dont il me faut icy parler,
Infectaſt de ſa pourriture
Ceſte liqueur, la nourriture
De ceux qui vous vont viſiter.

C'eſt vn nez, mais nez de manie,
Dont ie veux faire anatomie
Pour en oſter le ſouuenir,
De crainte que par vne peſte
Il ne conduiſe tout le reſte
Des mortels au dernier reſpit.
S'il y auoit quelque eſperance
Qu'il peut prendre conualeſcence,
Eſculape ie te prierois
Le traitter : mais pluſtoſt ton ame,
Hipolite pour ſa Diane.
Feroit viure encor vne fois.

Car deſia vn infect Ozene
Y a fait naiſtre vne gangrene,
Qui le priue de cét eſpoir :
Et puis ſon odeur ne demande
que ioindre ſon corps à la bande
Qui habite au triſte manoir.

Il eſt encor bien raiſonnable
Que de ce nez abominable,
Deſia cogneu de tous les Dieux,
qui le nient pour leur ouurage,
L'horreur & l'effroy & la rage
Paroiſſent pour l'éuiter mieux.

Ce membre donc contre nature,
Puis qu'il fait vne telle iniure
Au plus beau corps de l'Vniuers,

Il faut l'accommoder en sorte
Que l'on dise la Peste est morte,
Par la mort du nez peruers.
   Encor n'aura-il ceste peine
D'esprouuer comme ceux qu'on meine
Au gibet la rigueur des fers
De ceux qui font l'Anatomie,
Suffira pourueu que ie die
Ses veritez dedans mes vers.
   D'entre les parties integrantes
Qui en ce nez me sont presentes,
D'abord ie descouure vne peau
Douce ainsi qu'vn peigne à estoupe,
Molle comme d'vn bœuf la croupe,
Et blanche comme vn vieux fourneau,
   Sous ce cuir il y a des muscles
Qui ça & là ce nez de busles
Mouuent ainsi qu'vn Elephant
Fait sa trompe, ou bien pour mieux dire
Comme sur le masts d'vn nauire
Vne giroüette le vent,
   Au milieu est vn cartilage,
Que la carie a par vsage
Troüé comme est le parchemin
D'vn Laboureur, par où il passe
La poussiere, qui se ramasse
Parmy le meilleur de son grain.

Des os poreux comme vne esponge,
Qu'vn tel vlcere sans cesse ronge,
Font de ce nez le fondement,
Il a des veines, des arteres,
Des nerfs gros cumme des viperes,
Et s'il n'a point de sentiment.

Toutes ces parties dans leur place
Composent ceste affreuse masse,
Qui en sa situation
Semble se maintenir dans l'ordre,
que Nature aux autres apporte
Dedans leur composition.

Mais sa rrop molasse substance
Qui paroist ainsi qu'vne pance
De quelque Bœuf de nouueau mort
Remplie de fumier & d'ordure,
Monstre que desia la Nature
L'a reduict à son dernier sort.

De sa grandeur parler ie n'ose
Car c'est la plus horrible chose
A le voir quand il veut partir
De sa maison pour quelque affaire
Qu'il faut ouurir porte cochere,
Et s'il ne peut presque sortir.

Dans Meroé il se rencontre
Des hommes dont les nez fait monstre
Autant qu'vn des plus gros canons,

De l'Arcenac comme besaces,
Les femmes jettent leurs tetaces
En arriere iusqu'aux talons.

Mais nez encor grand dauantage,
Puis que ton Maistre a eu partage
Auec ces monstres d'Arcadie,
Lors que faisans guerre à Diane
Leur forme fut vne montagne,
Par leur temeraire folie.

Ce nez punais n'a d'autre visage
que pour seruir à la descharge
Comme cloaque du cerueau,
Ou bien comme vne chante pleure
Par où il decoule à toute heure,
Plus d'vne brasse de morueau.

Au reste ce nez poly-forme
Ne peut garder aucune forme
Comme les autres arrestee,
Tantost il prend vne figure,
Tantost vn autre qui ne dure
Pas plus que celles d'vn Protee,

A l'vn il paroist gros & large,
Remply comme vn nez de mesnage,
A l'autre il se monstre carré,
Long, plat ou rond, comme vne boule,
A celuy cy en bec de poule,
A celuy-là tout resserré,

Et d'autant que ceste figure
Fait trop de tort a la Nature,
Par vn changement si diuers,
Ie tascheray de la descrire,
(Non pas que ie pense tout dire
En si petit nombre de vers.)
Nez d'Acteon, quand par mesgarde
Il vit Diane auec sa garde
Dedans vne fontaine nuë,
nez de porc, nez de Bucephale,
nez d'vn monstre Cynocephale,
nez fait en crouste de Tortuë
Nez que les pots & les bouteilles
Ont peint auec plus de merueilles,
Que n'eussent fait les Gobelins,
Nez qu'encor toute la vermine
A graué auec plus de mine,
que les Graueurs Parisiens.
Car les fourmis, les mariuoles,
Les areignees, les mouches-folles,
Les martinbeufs, les hannetons,
Les cirons, les poux, les chenilles,
Les morpions, vers à coquilles,
Les hurbecs, les puces, les taons.
Les punaises, les escroüelles,
Les papillons, les sauterelles,
Les janieudis, les escargots:

Bref

Bref, toutes les meres barbotes
En ont abandonné leurs grotes
Pour y apporter leur effort.

Nez fait en cornet d'escritoire,
Qui sert à quelque vieux Notaire,
Il y a plus de deux cens ans,
Nez à fourbir les lichefrites,
Nez à foüiller dans les marmittes
Et à ne laisser rien dedans.

Nez encor fait comme vne reue,
Nez qui ne donne point de treue
Aux orphelins de ton quartier,
Nez fait en patte d'escreuisse,
Semblable à vn cornet d'espice,
Nez fait en pilon de mortier.

Tu serois bon aux Mascarades
Pour faire rire les malades
En ce bon iour du Mardy-Gras:
Car tu as desia la figure
De quelque boëte à confiture
Et d'vne chausse à hipocras.

Nez en forme de descrotoire,
Nez comme il est à tous notoire
Doux à toucher comme le houx,
Nez comme le penis d'vn ladre,
Chaud comme vne piece de marbre,
Poly comme vn Topinamboux.

B

Nez de citroüille, nez de Pompe,
nez de citron, nez de cocombre,
nez propre a feruir de boulon
Pour exprimer le ius de treille,
nez fait en bouchon de bouteille,
nez de gourde, nez de Melon,
    nez propre à faire ouurir la fente
D'vn tronc où l'on veut faire vne ente,
nez en coque de limaçon,
En efuentail de Damoyfelle,
nez qui feruiroit de truelle
Et d'oyfeau à quelque Maffon.
    nez fait en trident de Neptune :
Tu feruirois encor d'enclume
A quelque pauure Forgeron,
A vn vieux Suiffe de bray ette,
A vn Tifferant de nauette,
A vn Patiffier de fourgon.
    De crochet à quelques bons drolles
Pour porter deffus leurs efpaules
Bourees, cortrets, fagots, rondis,
nez qui as encor bien la mine
De porter le bled & farine
Comme les afnes des moulins.
    Tu ferois encor tres-commode,
Pour feruir, gros nez à la Mode,
De feringue aux Pharmacins :

Car tu trouuerois aueuglette
Ces trous dont ta langue en cachette
A souuent frayé les chemins.

Nez à embaucher vne botte,
Nez propre à mettre à vne porte
Au lieu de quelque gros marteau :
Nez fait comme vn vray pied de selle;
Dont se sert quelque Maquerelle
Pour descharger son gros boyau.

Nez, vray comme il faut que ie meure
Tu es semblable à vne meure,
Mais quand ie voy tous ces picquons
Tu me semble vne chastaigne
Qui est encor dedans sa laine
Armee comme des herissons.

Tu as encor à des Mereiulles
Du rapport par toutes ces reiulles,
Que font les souris & les rats,
Sur toy, quand la nuict fauorable
Le fait sortir de quelque estable
Pour venir prendre leurs esbats.

Mais rats qui ont fait des merueilles,
Car ils t'ont fait bornet d'abeilles,
Et si ton maistre auoit dessein
D'en loger dedans tes fossettes,
Pouruen qn'elles fussent plus nettes
Il auroit tousiours quelque dessein.

Essein qui le feroit gros sire,
Pourueu qu'il fist autant de sire,
Et de miel, comme du cerueau
Tu fournis les tiens à toute heure,
Coulant comme vne chante-pleure
De pituite & de morueau.

Mais ô nez tu es trop malade,
Tu n'es bon qu'à mettre en salade
Qu'vn vieux Empirique affamé
Donneroit à son torche-botte
Pour esprouuer son Antidote
Au lieu du plus fin sublimé.

Nez de crapaut, nez de vipere,
Nez de serpent, nez de Cerbere,
Nez du plus horrible Demon
Qui soit dans la troupe infernale,
Nez à qui plus rien ie n'esgale
Pour en ignorer le vray nom.

Mais d'ou viét que ce nouueau monstre
Sous tant de figures se monstre
Sinon que pour punition
Il ait esprouué toùs les charmes
De Circé, & senty les armes
De toute malediction?

Il est ainsi ie te le iure,
Mais sans te faire aucune iniure,
Car ie sçay trop bien, nez punais

Qu'on n'en pourroit pas aſſez dire
Pour au vray te peindre & deſcrire,
Et qu'on n'acheueroit iamais.

Encor ſi tu n'auois d'enorme
Que ceſte ſi changeante forme,
Tu ne ſerois ſi deſplaiſant :
Mais ceſte infecte pourriture,
Tous ces excremens de nature
Font que tu es à tous nuiſant.

Car là dedans vn crin de truye
Plus gluant qu'vne fraiche plye,
Bourgeonne comme par deſpit,
Plus ords.que celuy de Meduſe
Apres que Neptune par ruſe
En euſt pris l'amoureux deduit.

Crin qu'il faut en chambres ſecrettes
Arracher auec des pincettes,
Quand on veut ce gros nez larder,
Ou bien pour y ſouffler de l'ambre
Pour vn polipe ou pour vn chancre,
Dont on ne le ſçauroit garder.

Car vn punais carcinomate
Pour ordinaire le dilate,
Encor plus qu'vn gros limaçon,
Et s'il ne peut,quoy qu'il ſe peine,
Reſpirer,s'il ne prend haleine
Par la bouche,en nulle façon,

Nez qu'il faut encor que l'on ſale,
Pour t'empeſcher d'eſtre plus ſale,
Et pour retrencher le chemin
A la rigueur de quelque vlcere,
Qui te conduira à la biere,
S'il en peut eſtre vn ſi malin.
Vlcere qui dans le viſage
Te ronge iuſqu'au cartilage :
Et tout ce qui dans le tombeau
vous laiſſe à deſcouuert la face
D'vne eſpouuentable carcaſſe,
Se changeant en terre, & en eau.

Nez qu'il faut remplir pour tout dire
De ces bonnes poudres de cypre,
Et de ces vnguents de ſenteurs,
De crainte que dedans le monde
Le feu & l'air, la terre & l'onde
Soient infectez de tes odeurs.

Mais de crainte encor dauantage
Que les humains ayent partage
En ceſte malediction,
Comme deſia dedans ta race
Par vne hereditaire trace
nous voyons ceſte infection.

O ſalle engeance de vipere :
Pourquoy auois tu vn tel pere
Lequel à la Poſterité,

Laiſſaſt le plus horrible monſtre,
Qui dans l'Vniuers ſe rencontre,
Auoit tout le monde irrité ?
    Monſtre, qui, s'il eſtoit pour viure
Long temps, pourroit en fin produire
Par ſes ſales exhalaiſons
Vne peſte au monde commune,
Qui bleſſeroit meſme la Lune
Et peruertiroit nos ſaiſons.
Mais, ô bon heur pour la Nature,
En toy comme en ta geniture
Ceſte peſte pourra perir,
Puis qu'vn chacun aura la force
D'euiter la punaiſe amorce
Qui te fera bien toſt mourir,
Pleuſt à Dieu que deſia la Parque
T'euſt fait approcher de la barque
De ce vieux Nautonnier d'Enfer,
Afin qu'en deliurant les hommes
Il y conduiſe tes charongnes
Pour à iamais les eſtouffer.
    Auſſi bien n'y a-il au monde
Vne Arabie tant feconde
Qui produiſe ſuffiſamment
D'aloës, d'encens, & de Mirrhe,
Et tous les ſimples qu'on peut dire
Pour te compoſer des vnguens,

Or sus ceste Parque infernale
Se lasse que de toy on parle,
Commence donc, ô nez peruers,
A n'esperer plus dans ce monde,
Demeurer, il n'y a que l'onde,
Qui te conduira aux Enfers.

Mais ie crains bien que ceste race,
Quoy qu'on y ait marqué ta place,
Ne t'en accordera l'entrée,
Crainte que ta puante haleine
Ne soit vne nouuelle peine
Aux esprits de ceste contree.

Ouy l'on t'en fermera la porte,
Mais vne plus affreuse grotte
Qui se rencontre en l'Vniuers
Est preparee pour ta demeure,
Où tu souffriras en vne heure
Plus qu'en mil ans dans les Enfers.

F I N.

www.ingramcontent.com/pod-product-compliance
Lightning Source LLC
Chambersburg PA
CBHW061445170626
46811CB00005B/2376